WINDOWS
NEUER MALIK

Wassilij Grossman
Die Kommissarin

Erzählung

Aus dem Russischen von
Thies Ziemke

Mit zahlreichen Fotos
aus dem gleichnamigen Film von
Aleksandr Askoldov

NEUER MALIK VERLAG

CIP-Titelaufnahme der Deutschen Bibliothek

Grossman, Vasilij:
Die Kommissarin: Erzählung/Wassilij Grossman.
Aus d. Russ. von Thies Ziemke.
Mit zahlreichen Fotos aus d.
gleichnamigen Film von Aleksandr Askoldov
Kiel: Neuer Malik-Verl., 1989
Einheitssacht.: V gorode Berdičeve (dt.)
ISBN 3-89029-044-2

Titel der russischen Ausgabe von 1934: V gorode Berdičeve.
Übersetzt nach dem Band »Žizn'. Rasskazy« von Vasilij Grossman, der 1947 als Bd. 16 der »Biblioteka Ogonëk« im Verlag der »Pravda«, Moskau erschienen ist.
Wir danken dem »Filmverlag der Autoren, München« für die großzügige Bereitstellung des Fotomaterials.
Dort liegen auch die Bildrechte für die Fotos.
Satz: Utesch Satztechnik GmbH, Hamburg
Gesetzt aus der Trump Mediäval
Druck und Bindung: Clausen & Bosse Leck
Printed in Germany
ISBN: 3-89029-044-2

Seltsam war es anzusehen, wie das dunkle, vom Wind spröde gewordene Gesicht der Wawilowa errötete.

»Was lachst du?« sagte sie schließlich. »Das ist doch dumm!«

Kosirjew nahm ein Blatt Papier vom Tisch, blickte darauf, schüttelte den Kopf und brach erneut in Lachen aus.

»Nein, das geht nicht ...«, sagte er von Lachen geschüttelt. »Meldung: Die Kommissarin des 1. Bataillons wird wegen Schwangerschaft für vierzig Tage ...«

Er wurde ernst.

»Und dann? Wen sollen wir an deine Stelle setzen? Etwa Perelmuter aus der Politabteilung der Division?«

»Perelmuter ist ein aufrechter Kommunist«, entgegnete die Wawilowa.

»Ihr seid alle so aufrechte Kommunisten«, sagte Kosirjew. Die Stimme senkend, als spräche er über etwas Peinliches, fragte er: »Wirst du bald gebären, Klawdja?«

»Bald«, antwortete die Wawilowa, nahm die Pelzmütze ab und wischte sich den Schweiß von der Stirn.

»Ich hätt's abgetrieben«, sagte sie mit ihrer tiefen Stimme, »hab's aber verschlampt, weißt ja selbst, daß ich vor Grubeschow drei Monate nicht vom Pferd heruntergekommen bin. Als ich ins Hospital kam, wollte der Arzt schon nichts mehr unternehmen.«

Sie schniefte, als wolle sie gleich losheulen.

»Ich hab ihn noch mit meiner Mauser zwingen wollen, den Verfluchten, er aber hat abgelehnt: zu spät, hat er gesagt!«

Sie verließ das Zimmer, und Kosirjew saß an seinem Schreibtisch und stierte auf die Meldung.

»Dabei hat die Wawilowa doch nichts von einem Weib an sich«, dachte er, »geht mit der Mauser, trägt Lederkleidung, hat das Bataillon unzählige Male zum Sturmangriff geführt, sogar ihre Stimme ist alles andere als die eines Weibsbildes, und was kommt raus: Die Natur verlangt ihren Tribut.«

Er fühlte Ärger in sich hochsteigen, sogar so etwas wie Traurigkeit.

In die Meldung schrieb er: »Hiermit ordne ich an ...« Und unschlüssig mit der Feder über dem Papier kreisend saß er da, runzelte die Stirn: Ja, was nun schreiben?

»Vom heutigen Datum an der Wawilowa 40 Tage Urlaub zu geben.« Er dachte nach und fügte hinzu: »...krankheitshalber.« Dann kritzelte er noch das Wort »Frauen« davor, fluchte und strich die Hinzufügung wieder durch.

»Mit sowas soll man nun gemeinsam kämpfen«, sagte er und rief die Ordonnanz.

»Unsere Wawilowa...«, stieß er laut und verärgert aus, »hast wahrscheinlich schon von gehört!«

»Hab' von gehört«, antwortete die Ordonnanz, wiegte den Kopf und spuckte aus.

Beide verurteilten die Wawilowa und überhaupt alle Frauen, verachteten sie sogar. Kosirjew befahl, den Chef des Stabes herbeizurufen, und sagte:

»Morgen werden wir mit ihr gehen müssen, krieg du raus, ob ins Krankenhaus oder in ein neues Quartier, oder wie das überhaupt läuft.«

Dann schlich Kosirjew zusammen mit dem Chef des Stabes bis zum Morgen um den Tisch. Sie stießen in das Leinen der Stabskarten und sprachen nur selten und kurzangebunden – die Polen waren im Anmarsch.

Die Wawilowa zog in ein beschlagnahmtes Zimmer um.

Das Häuschen befand sich auf den Jatkas, – so nannte man in der Stadt den Basar – und gehörte Chaim-Abraham Leibowitsch Magasanik, den seine Nachbarn und sogar seine eigene Frau Chaim Tuter nannten, was soviel wie Tatar bedeutete.

Der Einzug der Wawilowa vollzog sich mit einem großen Skandal. Ein Mitarbeiter des Amtes für Wohnungsbewirtschaftung, ein mageres Bürschchen in einer Lederjacke und mit Budjonny-Mütze, begleitete sie. Magasanik fluchte auf Hebräisch, der Amtsträger schwieg und zuckte nur die Schultern.

Dann wechselte Magasanik ins Russische über.

»Eine Frechheit von diesen Grünschnäbeln«, schrie er der Wawilowa zu, als ob sie sich mit ihm aufregen sollte. »Man muß es sich nur vor Augen führen! Als wenn es nicht genug Bourgeois in der Stadt gäbe. Nur ein Zimmer gibt es für die Sowjetmacht zu requirieren – beim Vorstädter Magasanik. Nur bei einem Arbeiter mit sieben Kindern kann die Sowjetmacht ein Zimmer beschaffen. Warum nicht bei Litwak, dem Kolonialwarenhändler? Oder beim Tuchmacher Chodorow? Beim ersten Millionär der Stadt, bei Aschkenazy?«

Die Kinder von Magasanik standen dabei, sieben zerlumpte Engel mit Lockenköpfen, und schauten mit ihren Augen – schwarz wie die Nacht – auf die Wawilowa. Diese war zweimal so groß wie ihr Papa, beinahe so groß wie das Haus. Ihnen schien die ganze Angelegenheit gleichzeitig schrecklich, lustig und interessant.

Letzten Endes wurde Magasanik beiseite geschoben, und die Wawilowa schritt in ihr Zimmer.

Vom Geschirrschrank her, von den flachen Unterbetten, die genau so dunkel und schlaff waren wie die Brüste von alten Weibern, die diese Unterbetten irgendwann als Mitgift bekommen hatten, von den Stühlen mit den zerdrückten Sitzflächen her atmete es so intensiv nach Leben, daß sie die Luft ganz tief in sich einsog, so als wenn sie in Wasser eintauchen wolle.

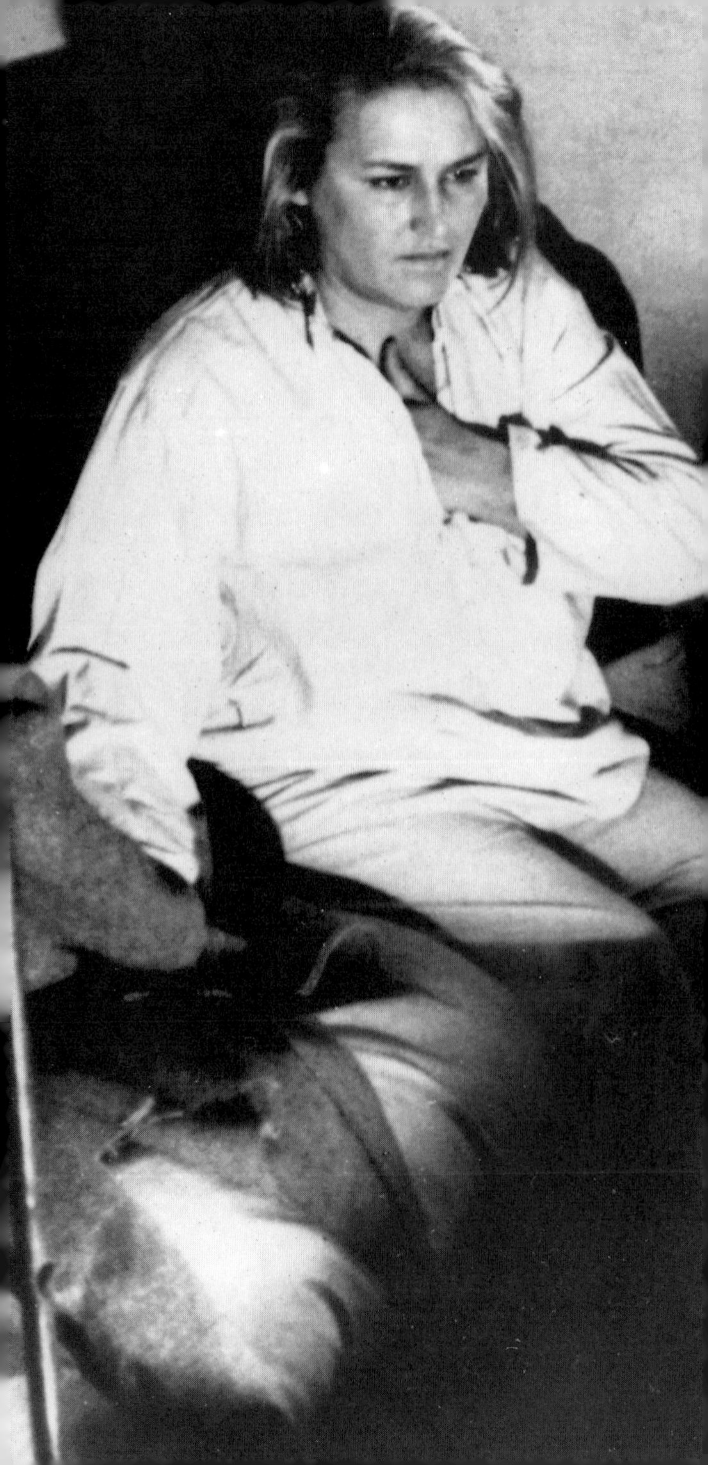

Nachts konnte sie nicht einschlafen. Hinter der Wand schnarchte die Magasanik-Familie, einem Orchester mit vielen Instrumenten gleich, angefangen vom dröhnenden Kontrabaß bis hin zu den schrillen Flöten und Geigen. Die Schwüle der Sommernacht, die intensiven Gerüche, all das – so schien es – nahm ihr den Atem.

Wonach es in dem Zimmer nicht roch! Nach Petroleum, Knoblauch, Schweiß, Gänseschmalz, ungewaschener Bettwäsche. Es war eben die Behausung von Menschen.

Sie betastete ihren geschwollenen, vollen Bauch, und das lebendige Wesen in ihr boxte bisweilen und drehte sich.

Seit Monaten hatte sie mit ihm einem ehrlichen, beharrlichen Kampf gefochten: schwer war sie vom Pferde abgesprungen, schweigsam, verbissen wendete sie bei den samstäglichen Arbeitseinsätzen in den Städten die zentnerschweren Kiefernstämme, trank in den Dörfern Kräuteraufgüsse.

Aber *es* wuchs beständig, hinderte sie, sich zu bewegen, zu reiten; ihr wurde übel, sie mußte sich erbrechen, es zog sie zu Boden.

Zuerst machte sie für alles jenen

Traurigen, immer Schweigsamen verantwortlich, der sich als stärker als sie erwiesen hatte und nur mit Mühe durch die dicke lederne Jacke, durch das wollene Militärhemd ihr Frauenherz erreicht hatte. Sie sah, wie er die in ihrer Einfachheit schreckliche Holzbrücke als erster stürmte, hörte das Prasseln des MG-Feuers der Polen, spürte, wie er sein Leben aushauchte: der leere Militärmantel schlug die Ärmel zusammen, fiel in sich zusammen und hing über dem Bach.

Sie flog auf ihrem trunkenen, berauschten Hengst über ihn hinweg, und ihr nach wälzte sich, sie vor sich hertreibend, das Bataillon.

Danach blieb ihr nur *es*. *Es* war an allem schuld. Und so lag die Wawilowa besiegt, während *es* sie siegreich mit den Füßen trat, in ihr lebte.

Am Morgen, als sich Magasanik zur Arbeit aufmachte, als seine Frau ihm das Frühstück bereitete, gleichzeitig die Fliegen, die Kinder und die Katze verjagend, sagte er leise, nachdem er zum requirierten Zimmer hinübergeschielt hatte:

»Gib ihr eine Tasse Tee!« um dann traurig zu seufzen.

Er badete förmlich in den vom Sonnenschein getränkten Staubsäulen, in den Gerüchen, im Kindergeschrei, im Katzengemaunz, im Brummen des Samowars. Er mochte nicht in die Werkstatt gehen, er liebte seine Frau, die Kinder, die alte Mutter, er liebte sein Haus.

Seufzend ging er dann doch, und im Haus blieben nur die Frauen und die Kinder.

Den ganzen Tag brodelte es auf dem Basar wie im Teekessel: die Mannsbilder handelten mit weißem, wie mit Kreide eingeschmiertem Birkenholz, die Weibsbilder raschelten mit Zwiebelkränzen, die alten Jüdinnen saßen vor runden und weichen Bergen von an den Füßen zusammengebundenen Gänsen. Die Marktfrau riß aus dieser üppigen weißen Blume das lebendige Blüttenblatt eines sich windenden Halses heraus, und die Käuferinnen pusteten auf den zarten Flaum zwischen den Pfoten und betasteten das Fett, das gelb unter der warmen, weichen Haut glänzte.

Dunkelbeinige Mädchen mit farbenfrohen Halstüchern trugen hohe, rote Tontöpfe, über den Rand gefüllt mit Erdbeeren, und schauten ängstlich, als ob sie gleich davonrennen wollten, auf die Käufer. Von den Fuhrwerken herunter handelte man mit gelben, verlaufenen Klumpen Butter, die in die weichen Blätter des Huflattich gefüllt waren.

Der blinde Bettler mit dem weißen Bart eines Zauberers weinte gebetsmäßig und tragisch, streckte die Hände aus, aber sein schrecklicher Kummer berührte niemand – alle gingen gleichmütig an ihm vorüber. Ein altes Weib riß von ihrem Kranz die allerkleinste Zwiebel ab und warf sie in das Blechschüsselchen des Alten. Jener betastete sie und sagte, nachdem er aufgehört hatte zu beten, ärgerlich:

»Mögen deine Kinder dir im Alter auch solche Almosen geben!« und fing von neuem an, das Gebet zu singen, das ebenso alt war wie das jüdische Volk.

Das Volk kaufte und verkaufte, be-

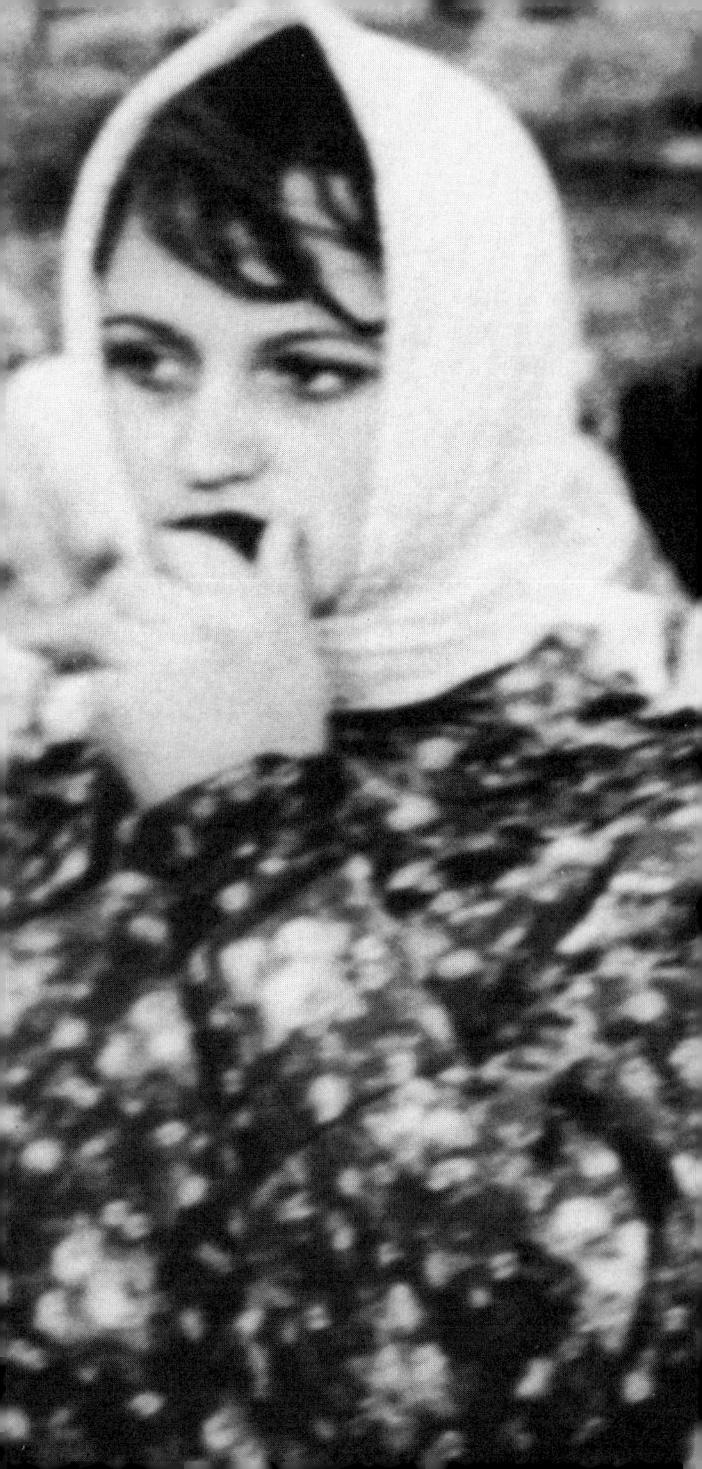

tastete, probierte, die tiefsinnigen Augen nach oben gerichtet, als wenn man erwarte, vom blauen, zarten Himmel einen Ratschlag zu bekommen, ob man den Hecht oder lieber den Karpfen kaufen solle. Und bei alledem wurde schrill durcheinandergeschrien, unter Anrufung Gottes geschworen, einander beschimpft und gelacht.

Die Wawilowa räumte das Zimmer flüchtig auf und fegte ein wenig. Sie verbarg den Militärmantel, die Pelzmütze und die Stiefel. Ihr Kopf barst fast vom Straßenlärm, in der Wohnung schrien die kleinen Tuters, und ihr schien es, als wenn sie schliefe und irgendeinen unguten, fremden Traum träumte.

Als Magasanik am Abend von der Arbeit heimkehrte, blieb er verdutzt an der Tür stehen: am Tisch saßen seine Frau Bejla und – direkt neben ihr –

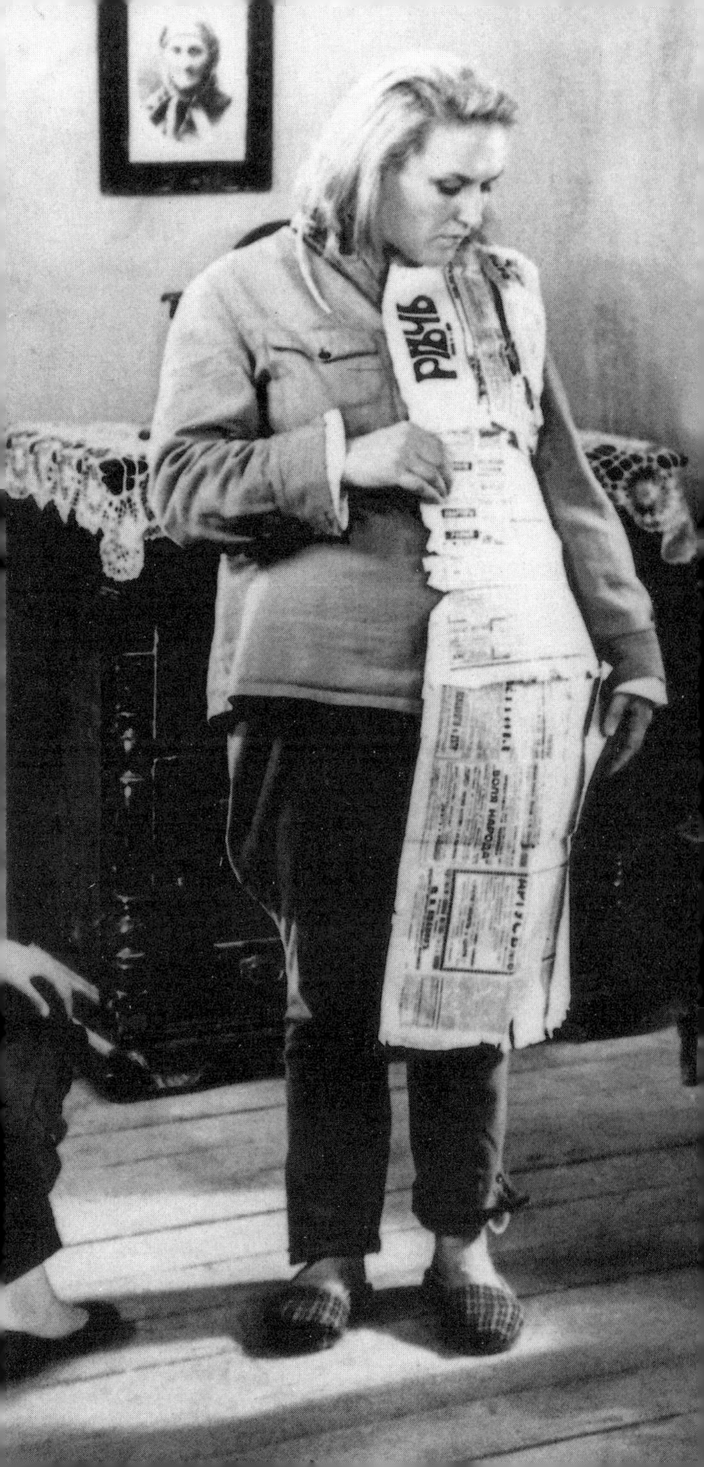
РѢЧЬ
ВОЛЯ НАРОДА

eine großgewachsene Frau in einem weiten Kleid, mit Pantoffeln an nackten Füßen, den Kopf umbunden mit einem buntscheckigen Tuch; sie lachten leise, unterhielten sich, und suchten, die großen, starken Arme erhebend, kleine Spielzeug-Kinderhemden aus.

Tagsüber war Bejla ins Zimmer der Wawilowa gegangen, jene stand unterm Fenster, und das scharfe Frauenauge von Bejla erspähte den durch den hohen Wuchs der Wawilowa kaum bemerkbaren dicken Bauch.

»Ich bitte vielmals um Entschuldigung«, sagte Bejla entschieden, »aber es scheint, Sie sind schwanger.«

Bejla klatschte vor Freude mit den Hände, lachte los und jammerte gleichzeitig laut, schickte sich an, sie zu umsorgen.

»Kinder«, sagte sie, »Kinder sind, als ob Sie es nicht wüßten, ein Unglück!« und sie drückte den kleinsten Tuter an ihre Brust, so heftig, daß diesem fast die Luft wegblieb. »Das ist so ein Kummer, das ist so ein Unglück, das sind solche Sorgen. Jeden Tag wollen sie essen, und es vergeht keine Woche, daß dieser nicht Ausschlag und jener nicht Fieber oder Geschwüre hätte. Und der Doktor Baraban – Gott möge ihm Gesundheit schenken – nimmt für jeden Besuch, jede Visite, 10 Pfund fein gemahlenes Mehl.« Sie strich der kleinen Sonja über den Kopf. »Und alle leben sie bei mir, nicht einer krepiert.«

Es stellte sich heraus, daß die Wawilowa von all dem nichts wußte, nichts kannte, sich nichts vorstellen konnte. Sie unterwarf sich sofort dem großen Wissen von Bejla. Sie hörte zu, stellte Fragen, und Bejla, die mit Genugtuung feststellte, daß die Kommissarin von nichts eine Ahnung hatte, klärte sie über alles auf.

Wie man den Säugling füttert, badet, pudert, was man tun muß, daß er des Nachts nicht schreit, wieviele Windeln und Kinderhemden man haben mußte, wie dem Neugeborenen vom Schreien die Luft wegbleibt, wie es blau wird, und so scheint es, wie einem jeden Augenblick das Herz vor Angst birst, daß das Kind stirbt, wie man den Durchfall in den Griff bekommt, woher der Hautausschlag stammt, wie plötzlich das Löffelchen im Mund gegen etwas stößt, und man dadurch erkennen kann, daß die Zähnchen durchbrechen.

Eine komplizierte Welt mit eigenen Gesetzen, freudigen und traurigen Gegebenheiten.

Von all dem wußte die Wawilowa nichts. Bejla aber führte sie in diese Welt ein, nachsichtig wie eine ältere Schwester.

»Stört uns nicht immer«, schrie sie die Kinder an. »Marsch, raus auf den Hof!«

Und als sie beide allein im Zimmer zurückgeblieben waren, sprach Bejla, die Stimme bis zum geheimnisvollen Flüstern senkend, mit ihr über das Gebären. Oh, das war keine einfache Angelegenheit. Wie ein alter Soldat dem jungen Rekruten erzählte sie über die großen Leiden und die Freuden des Gebärens.

»Kinder gebären ...«, sagte sie. »Sie denken das ist einfach, wie der Krieg: Piff-Paff – und fertig? Nein, nein. Sie müssen entschuldigen, das ist *so* einfach nicht!«

Die Wawilowa hörte ihr zu. Zum erstenmal in der Zeit ihrer Schwangerschaft traf sie einen Menschen, der

über diese schwere, zufällige Unannehmlichkeit, die sie unerwartet getroffen hatte, wie über ein freudiges Ereignis sprach, als ob es das wichtigste und notwendigste Ereignis im Leben der Wawilowa war.

Am Abend wurde die Erörterung zusammen mit Tuter fortgesetzt. Man durfte keine Zeit verlieren: Nach dem Abendessen kroch Tuter mit einer Kerze auf den Dachboden und schleifte mit viel Lärm eine eiserne Kinderwiege und eine Kinderwanne zum Baden des neuen Menschen herunter.

»Sie können beruhigt sein, Genossin Kommissar«, sagte er mit funkelnden Augen und lachend, »Sie erledigen die Sache bei uns ganz nebenbei.«

»So schweig doch, du Landstreicher, schweig!« empörte sich seine Frau.

In der Nacht lag die Wawilowa wach auf dem Bett. Der stickige Geruch bedrückte sie schon nicht mehr wie am Vorabend. Sie hatte sich an ihn gewöhnt, bemerkte ihn nicht einmal mehr. An nichts mochte sie denken.

Es schien ihr, als ob irgendwo Pferde wieherten, und das Bild einer langen Reihe fuchsroter Pferdeköpfe tauchte vor ihren Augen auf; ein jedes hatte einen weißen Fleck an der Stirn. Die Köpfe bewegten sich; ununterbrochen nickten, schnaubten, fletschten sie die Zähne. Sie mußte an ihr Bataillon denken, Kirpitschow kam ihr in den Sinn, der Politleiter der Zweiten Kompanie. An der Front war vorläufig Ruhe. Wer diskutierte da über die Juli-Ereignisse? Dem Wirtschaftsleiter mußte man den Kopf waschen, weil er eine Lieferung Stiefel zurückhielt. Und dann konnte man das Tuch für die Gamaschen selbst zuschneiden. In der Zweiten Kompanie gab es viele Unzufriedene, besonders jenen kraushaarigen Lockenkopf, der immer wieder diese Lieder vom Don sang. Die Wawilowa gähnte und schloß die Augen. Das Bataillon machte sich auf den Weg, irgendwohin, weit, weit weg, hinein in den vom Dämmerlicht rosaroten Korridor zwischen den morgenfeuchten Heuschobern. Und die Gedanken an das Bataillon verschwammen zu etwas Unbestimmtem, Unwirklichem.

Ungeduldig stieß *es* mit den Beinchen. Die Wawilowa öffnete die Augen und erhob sich vom Bett.

»Mädchen oder Junge?« fragte sie laut, und plötzlich fühlte sie, wie das Herz in der Brust groß und warm wurde und es dröhnend zu schlagen anfing.

»Mädchen oder Junge?«

Die Wehen begannen am Tag.

»Oij«, stöhnte die Wawilowa schwach und fühlte, wie ein stechender alles durchdringender Schmerz sie plötzlich ergriff.

Bejla führte sie zum Bett. Sjoma lief fröhlich zur Hebamme.

Die Wawilowa hielt Bejla an der Hand fest und sagte leise, aber schnell:

»Es hat angefangen, Bejla! Und ich dachte, es käme später, in 10 Tagen vielleicht! Es hat angefangen, Bejla!«

Dann zog sich der Schmerz wieder zurück, und die Wawilowa entschied bei sich, daß man zu früh nach der Hebamme gerufen habe.

Aber nach einer halben Stunde kamen die Wehen wieder. Das Gesicht der Wawilowa wurde ganz dunkel, und die Bräune lag auf ihr irgendwie besonders leblos, wie zufällig aufgetragene Schminke. Die Wawilowa lag da, biß die Zähne zusammen, ihr Gesichtsausdruck erweckte den Anschein, als wenn sie an etwas besonders Quälendes und Peinliches dächte, und schon erhebt sie sich schnell, schreit: »Was hab' ich getan! Was hab' ich getan!« und bedeckt das Gesicht vor Verzweiflung mit den Händen.

Die Kinder blickten von Zeit zu Zeit ins Zimmer, die blinde Großmutter bereitete auf dem Ofen eine große Schüssel kochenden Wassers. Bejla schaute immer wieder zur Tür hin, das Gesicht der Wawilowa drückte Hoffnungslosigkeit aus und machte Bejla Angst. Endlich kam die Hebamme. Sie hieß Rosalija Samojlowna und hatte kurzgeschnittenes Haar, eine untersetzte Figur und ein rötliches Gesicht. Und sofort war das ganze Haus von ihrer zänkischen durchdringenden Stimme erfüllt. Sie schrie nach Bejla, nach den Kindern, nach der alten Großmutter. Alle liefen sie um sie herum. In der Küche fing der Petroleumkocher an zu summen. Man begann damit, aus dem Zimmer Tisch und Stühle herauszutragen. Bejla wischte – schnell wie man ein Feuer löscht – den Fußboden. Rosalija Samojlowna jagte eigenhändig die Fliegen mit dem Handtuch hinaus. Die Wawilowa blickte zu ihr hinüber, und es schien ihr, daß im Stab der Armeeführer angekommen sei. Auch er war untersetzt, hatte ein rötliches Gesicht und eine zänkische Stimme, – und er kam zu dem Zeitpunkt an, als es an der Front einen Durchbruch gab. Man las in den Frontberichten, sah sich verstohlen an, flüsterte, als ob im Stabszimmer ein Verstorbener oder Schwerkranker läge. Der Armeeführer aber zerstörte grob dieses Netz von Heimlichkeit und Stille: Mit lautem Geschrei, Geschimpfe, Befehlen, Gelächter, als wenn es ihm nicht um abgeschnittene Einheiten und eingeschlossene Regimenter gegangen wäre.

Sie unterwarf sich der gebieterischen Stimme von Rosalija Samojlowna, antwortete auf ihre Fragen, drehte sich um, tat alles, was sie ihr befahl. Ab und zu trübte sich ihr Bewußtsein, ihr schien es, als ob die Wände und die Zimmerdecke die Bestimmtheit der Oberfläche und der Linien verlören, sich brechen, in Wellen sie überziehen würde. Die laute Stimme der Hebamme brachte sie wieder zu sich, und sie sah deren rotes, verschwitztes Gesicht, die weißen Enden des Halstuches und den Hals. Sie dachte während dieser Minuten an gar nichts. Sie wollte nur mit wilder wölfischer Stimme heulen, ins Kopfkissen beißen. Es schien, als ob die Knochen knirschten und zerbrachen, klebriger, Übelkeit erregender Schweiß trat ihr auf die Stirn. Sie schrie aber nicht, knirschte nur mit den Zähnen und atmete, krampfartig den Kopf bewegend, Luft ein.

Von Zeit zu Zeit verging der Schmerz, so als ob er nie dagewesen wäre, und sie schaute erstaunt um sich, hörte den Lärm vom Basar und geriet über das Glas auf dem Hocker, über das Bild an der Wand in Erstaunen.

Und als das Kind von der Begierde zu leben wie toll wurde und von neuem anfing nach draußen zu streben, fühlte sie den Schrecken der einsetzenden Wehen und wirre Freude. Bloß schneller, da es doch unausweichlich war.

Rosalija Samojlowna sagte leise zu Bejla:

»Wenn Sie denken, daß ich mir wünschte, mit 36 Jahren das erstemal zu gebären, dann irren Sie sich, Bejla.«

Die Wawilowa verstand ihre Worte nicht, und ihr wurde Angst, weil die Hebamme so leise sprach.

»Was? Überleb' ich das nicht?« fragte sie.

Rosalija Samojlownas Antwort hörte sie nicht.

Bejla aber stand an der Tür, bleich und hilflos vor Erregung, und sagte, die Schultern zuckend:

»Nein, nein. Wer braucht denn diese Qual? Sie nicht, der Vater nicht – soll er krepieren –, das Kind nicht, noch Gott im Himmel. Welcher Schlaukopf hat sich das nur ausgedacht?«

Die Geburt dauerte mehrere Stunden.

Als Magasanik nach Hause kam, setzte er sich auf die Stufen des Eingangs. Er war so aufgeregt, als würde seine Bejla gebären.

Die Dämmerung verdichtete sich, hinter den Fenstern wurden die Lichter angezündet. Die Juden kehrten aus der Synagoge heim, unter dem Arm das Bündel mit der Gebetskleidung. Beim Schein des Mondes machten der leere Platz des Basars, die Häuslein, die Straßen einen schönen und geheimnisvollen Eindruck. Die Kavalleristen in ihren Reithosen klirrten mit den Sporen, als sie über das gepflasterte Trottoir spazierten. Die Mädchen knabberten Sonnenblumenkerne und lachten den Rotarmisten zu. Eines von ihnen plapperte schnell:

»Und ich esse Bonbons und werf ihm das Papier an den Kopf...«

»So!« sagte Magasanik. »Als das Weib keine anderen Sorgen mehr hatte, kaufte es sich ein Ferkel; ich hab ja selbst keine Sorgen, also kann auch eine ganze Partisanenbrigade in meinem Haus gebären.«

Plötzlich spitzte er die Ohren und richtete sich ein wenig auf. Hinter der Tür erklang irgendwessen heisere männliche Stimme. Die Stimme fluchte so gewaltig, daß Magasanik, als er das hörte, den Kopf hin und her wiegte und auf die Erde spuckte. Es war die Wawilowa, die vor Schmerz den klaren Kopf verlor, als sie in den letzten Wehen einen Kampf mit Gott, mit dem verfluchten weiblichen Schicksal ausfocht.

»Das versteh ich«, sagte Magasanik, »das verstehe ich: hier gebärt eine Kommissarin. Bejla dagegen sagt immer nur: ›O Mama, Mama, Mama!‹ «

Rosalija Samojlowna klopfte dem Neugeborenen auf den runzeligen und feuchten Hintern und gab bekannt:

»Ein Junge!«

»Wie ich gesagt habe!« kam es feierlich über Bejlas Lippen.

Sie öffnete die Tür und schrie sieggestimmt:

»Chajm, Kinder, ein Junge!«

Und die ganze Familie versammel-

te sich an der Tür und sprach aufgeregt mit Bejla. Sogar die blinde Großmutter kam tastend zum Sohn heran und belächelte das große Wunder. Sie bewegte leicht die Lippen, ihr Kopf zitterte, ihre leblosen Hände tasteten sich über das schwarze Kleid. Sie lächelte und flüsterte unhörbar. Die Kinder zogen sie von der Tür weg. Sie aber reckte den Hals, es zog sie nach vorne. Sie wollte die Stimme des immer siegreichen Lebens hören.

Die Wawilowa betrachtete das Neugeborene. Sie wunderte sich darüber, daß dieser winzige Klumpen blauroten Fleisches der Grund dieser schrecklichen Leiden gewesen sein sollte.

Sie hatte sich vorgestellt, daß ihr Kind schon groß sein würde, sommersprossig, stupsnasig, mit zottigen rötlichen Haaren auf dem Kopf, daß es sofort anfangen würde, ausgelassen zu sein, durchdringend schreien und irgendwohin krabbeln würde. Aber es war schwach, wie ein Getreidehalm konnte es das Köpfchen nicht gerade halten, die krummen, fast ausgetrocknet scheinenden Beinchen bewegten sich unablässig, die weißblauen Augen waren noch blind, und es gab einige kaum vernehmbare Töne von sich. Es schien so, als ob es, wenn man nur die Tür heftig aufmachte, verlöschen würde wie die dünne, schon verbogene Kerze, die Bejla am Schrank befestigt hatte.

Und obwohl es im Zimmer heiß war wie im Schwitzbad, streckte die Wawilowa die Arme aus und sagte:

»Es ist ihm kalt, gebt ihn mir hierher.«

Das Menschlein schrie, der Kopf schaukelte hin und her. Die Wawilowa kniff die Augen zusammen, fürchtete sich, sich zu bewegen, und folgte ihm mit den Augen.

»Iß, Söhnchen, iß!« sagte sie und fing an zu weinen. »Söhnchen, Söhnchen«, murmelte sie, und die Tränen traten ihr eine nach der anderen in die Augen und rannen ihr in großen durchsichtigen Tropfen über die dunklen Wangen und tropften auf das Kopfkissen.

Sie erinnerte sich an jenen Schweigsamen, und in ihrer mütterlichen Wehmut taten ihr *beide* plötzlich sehr leid. Zuerst weinte sie um jenen, der im Gefecht vor Korosten umgekommen war: Er wird seinen Sohn niemals mehr sehen können.

Und jener Kleine, Hilflose – sie deckte ihn mit der Decke zu, damit er nicht erfror.

Es kann aber auch sein, daß sie aus einem völlig anderen Grund weinte. Jedenfalls sagte Rosalija Samojlowna, die eine Zigarette rauchte und den Rauch aus der Fensterklappe blies:

»Soll sie weinen, soll sie! Das beruhigt die Nerven besser als Brom. Sie weinen nach der Geburt bei mir immer.«

Am dritten Tag nach der Geburt stand die Wawilowa das erstemal auf. Sie spürte, wie die Kräfte schnell wieder zurückkehrten, sie ging auf und ab, half Bejla bei der Wirtschaft. Wenn niemand im Haus war, sang sie leise Lieder für das Menschlein, das Menschlein hieß Aljoscha, Aljoschalein, Aljoscha.

»Du müßtest sie sehen«, erzählte Bejla ihrem Mann, »dieses großrussische Weibsstück hat den Verstand verloren! Dreimal ist sie mit ihm schon zum Arzt gelaufen. Im Haus darf man keine Tür öffnen: er erkältet sich, man weckt ihn auf, er fiebert. Mit einem Wort, wie eine gute, sorgsame jüdische Mutter.«

»Glaubst du etwa«, antwortete Magasanik, »wenn eine Frau sich lederne Hosen anzieht, daß sie dadurch zum Manne wird?« Und er zuckte mit den Schultern und schloß die Augen.

Eine Woche später besuchten Kosirjew und der Stabschef die Wawilowa. Sie rochen nach Leder, Tabak, Pferdeschweiß. Aljoscha schlief in der Wiege, die mit einem Stück Gaze zum Schutz vor Fliegen verhangen war.

Mit ohrenbetäubendem Knarren, wie es eben von zwei Paar neuen Stiefeln hervorgebracht wird, traten sie an die Wiege heran und betrachteten das schmale Gesichtchen des Schlafenden. Das Gesicht verzog sich im Schlafe, doch das waren recht eigentlich nur Bewegungen der Haut, aber aus diesen Bewegungen des Gesichts ergaben sich verschiedene Ausdrucksformen: jetzt die von Trauer, die von Zorn, die eines Lächelns.

Die Militärs wechselten einen flüchtigen Blick.

»Ja, ja«, sagte Kosirjew.

»Ja, wirklich!« sagte der Stabschef.

Und sie setzten sich auf die Stühle und begannen zu erzählen. Die Polen waren zum Angriff übergegangen. Unsere Einheiten weichen zurück. Das, natürlich, nur zeitweise. Die 14. Armee sammelt sich vor Shmerinka. Die Divisionen vom Ural kommen zur Unterstützung. Die Ukraine wird die unsere sein. In einem Monat wird ein Umschwung einsetzen. Aber im Augenblick drängt der Pole stark.

Kosirjew fluchte.

»Leise«, sagte die Wawilowa, »schrei nicht so, du weckst ihn auf.«

»Ja, wir stecken mit der Schnauze im Blut«, murmelte der Stabschef und lachte auf.

»Du mit deinen Witzen«, sagte die Wawilowa und fügte mit leidvoller Miene hinzu:

»Rauch hier nicht, du dampfst wie ein Schlachtschiff.«

Den Militärs wurde es plötzlich langweilig. Kosirjew gähnte. Der Stabschef sah auf seine Uhr und sagte:

»Wir müssen rechtzeitig am Kahlen Berg sein!«

»So, so, eine goldene Uhr«, dachte die Wawilowa derweil mit Verbitterung bei sich.

»Nun ist es Zeit, Abschied zu nehmen, Klawdja«, sagte Kosirjew und stand auf. »Ich hab befohlen, dir einen Sack Mehl zu bringen, Zucker und Speck dazu, man bringt es dir noch heute mit dem Wagen.«

Sie gingen zur Straße hinaus. Um die Pferde herum standen die kleinen Magasaniks. Kosirjew schwang sich in den Sattel. Der Stabschef schnalzte mit der Zunge und sprang auf sein Pferd.

Als sie die Straßenecke erreicht hatten, strafften sie unerwarteterweise, als ob sie es verabredet hätten, die Zügel und hielten an.

»Ja, ja«, sagte Kosirjew.

»Ja, wirklich!« antwortete der Stabschef.

Sie lachten, schlugen auf die Pferde ein und rasten zum Kahlen Berg.

Abends kam der Wagen. Die Säcke mit den Lebensmitteln wurden ins Haus geschafft. Magasanik ging ins Zimmer der Wawilowa und sagte mit geheimnisvollem Flüstern:

»Wie gefällt ihnen die Neuigkeit, Genossin Wawilowa. Zu uns in die Werkstatt kam der Schwager des Vorstädters Cäsarskij« – er sah sich um und sagte – sich quasi bei der Wawilowa entschuldigend: »In Tschudnow stehen die Polen, und Tschudnow ist nur 40 Werst entfernt.«

Bejla kam herein. Sie hatte etwas mitbekommen und sagte entschieden:

»Was redest du? Morgen sind die Polen hier. Also, ich sage Ihnen: Egal, ob Polen, oder nicht Polen, Österreicher oder Galizier, Sie können jedenfalls bei uns bleiben. Zum Glück haben Sie genug zu essen, man hat soviel gebracht, daß es für drei Monate reicht.«

Die Wawilowa sagte nichts. Zum erstenmal im Leben wußte sie nicht, was sie tun sollte.

»Bejla ...«, murmelte sie, verstummte aber gleich darauf.

»Ich habe keine Angst«, sagte Bejla, »oder denken Sie, ich hätte Angst?

Geben Sie mir fünf solcher, ich fürchte mich nicht. Aber haben Sie schon einmal eine Mutter gesehen, die ihr Kind verläßt, wenn dieses erst anderthalb Wochen alt ist?«

Die ganze Nacht erklang von der Straße her das Wiehern der Pferde, das Rattern der Räder, erregte ärgerliche Stimmen. Der Troß wurde von Schepetowka nach Kasatin verlegt.

Die Wawilowa saß neben der Wiege. Das Kind schlief. Sie schaute in das gelbe Gesichtlein: am Ende wird gar nichts Besonderes passieren. Kosirjew hatte gesagt, daß *sie* innerhalb eines Monats zurückkehren würden. Das war genau die Zeit, die sie als Urlaub erhalten hatte. Aber wenn sie für längere Zeit abgeschnitten wäre? Und wenn schon, auch das ängstigte sie nicht.

Wenn Aljoscha erst kräftiger geworden sein würde, werden sie sich heimlich durch die Frontlinie schleichen.

Wer wird ihnen schon etwas tun: einem Dorfweib mit einem Säugling?

Und die Wawilowa stellte sich vor, wie sie an einem Sommermorgen früh über die Felder geht – den Kopf in ein farbenfrohes Tuch gehüllt, und Aljoscha schaut sich in alle Richtungen um, und streckt die Ärmchen aus. Gut! Sie begann mit brüchiger Stimme zu singen:

»Schlaf, Söhnchen, schlaf!« und fing beim Schaukeln der Wiege an zu träumen.

Am Morgen brodelte es auf dem Basar wie immer. Die Menschen waren jedoch irgendwie besonders erregt. Einige lächelten freudig, als sie die ununterbrochene Kette der Kriegsfuhrwerke sahen. Die Fahrzeugkolonnen passierten in unmittelbarer Nähe. Die Straßen waren voller Menschen. Die Einwohner – oder die »Bevölkerung« wie es in den Tagesbefehlen der Kommandantur hieß – standen in den Türen. Alles plapperte mit aufgeregtem Gemurmel durcheinander. Man sagte, daß die Polen schon den Ort Pjatka, 15 Werst von der Stadt entfernt, eingenommen hätten. Magasanik war nicht zur Arbeit gegangen. Er saß im Zimmer der Wawilowa und philosophierte auf Teufel-kommraus.

Mit großem Lärm fuhr ein gepanzertes Automobil in Richtung Bahnhof vorbei, es war mit einer dichten Staubschicht bedeckt und es schien, als ob der Stahl vor Müdigkeit und von den vielen schlaflosen Nächten grau geworden wäre.

»Tagsüber ist der da so ein Klugscheißer«, sagte Bejla, »aber wenn des Nachts die ganze Stadt schreit, wenn die Banditen Krach machen, dann sitzt er da wie der leibhaftige Tod und zittert vor Angst.«

»Laß mich doch erstmal mit jemand reden«, sagte Magasanik.

Er lief sogleich auf die Straße und kehrte bald mit Neuigkeiten zurück. Das Revolutionskomitee hatte man schon in der Nacht evakuiert, die Parteileitung war gleich darauf abgereist, und der Stab hatte die Stadt am Morgen verlassen. Der Bahnhof war schon wie ausgestorben: Der letzte Truppentransport war abgegangen.

Plötzlich hörte man auf der Straße Schreie. Ein Flugzeug flog auf die Stadt zu. Die Wawilowa ging zum

Fenster. Das Flugzeug flog sehr hoch, aber man konnte genau die weiß-roten Kreise an den Tragflächen erkennen. Es war ein polnisches Aufklärungsflugzeug. Das Flugzeug beschrieb einen Kreis über der Stadt und näherte sich dem Bahnhof. Und dann begannen aus Richtung des Kahlen Berges die Kanonen zu schießen, die Geschosse flogen über die Stadt, und irgendwoher aus der Ferne, hinter dem Bahnübergang, dröhnten die Geräusche von Explosionen.

Zuerst heulten die Geschosse wie ein Schneesturm, dann seufzten die Geschütze schwer auf, und nachdem einige Sekunden vergangen waren, dröhnten die Explosionen freudig erregt. Das waren die Roten, die den Vormarsch der Polen auf das Städtchen zu aufhielten. Aber bald schon begannen die Polen zu antworten: Die Geschosse schlugen an den verschiedensten Stellen der Stadt ein.

»Wumm«, durchriß es ohrenbetäubend die Luft, Ziegel flogen, Rauch und Staub tanzten über einer aufgerissenen Hauswand. Die Straßen wurden ruhig, menschenleer, so als ob sie nur hingetuscht wären. Nach jeder Explosion eines Geschosses trat eine solche Stille ein, daß einem angst und bange wurde. Die Sonne aber stand am wolkenlosen Himmel und beleuchtete freudig die Stadt, als handele es sich um einen lang darniedergestreckten Leichnam.

Alle, sogar die Kinder, wußten, daß diese Bombardierung im Militärjargon Artillerie-Vorbereitung hieß und daß, bevor die Stadt eingenommen werden würde, die Truppen noch einige Dutzend Geschosse verschießen würden. Und dann würde es – alle wußten auch das – unglaublich still werden, und plötzlich würde das helle Hufklirren auf der breiten Straße erklingen, und die Kundschafter der Kavallerie würden aus Richtung des Eisenbahnübergangs vorbeifliegen. Vor Angst und Neugier vergehend, würden alle hinter Türen und Vorhängen durch die Ritzen der Fensterläden hindurchspähen, auf Zehenspitzen stehend, schweißgebadet auf allen vieren auf den Hof kriechen.

Der Trupp wird auf den Platz reiten. Die Pferde werden sich niederlassen und röcheln, die Reiter werden aufgeregt in einer erstaunlich einfachen menschlichen Sprache abzählen, und der Anführer, erfreut über die Demut der auf dem Rücken liegenden, besiegten Stadt, wird trunken schreien, aus dem Revolver in den Schlund der Stille feuern, und das Pferd auf die Hinterbeine reißen.

Und dann ergießen sich von allen Seiten Infanterie- und Karvallerieeinheiten, von Haus zu Haus laufen verstaubte, müde Menschen, gutherzige, aber zum Todschlag fähige, genügsame Männer in blauen Militärmänteln, gierig auf die Hühner der Stadt, auf die Handtücher und die Stiefel der Einwohner.

Alle wußten das, weil die Stadt vierzehnmal die Herren gewechselt hatte, mal war sie von den Petljura-Leuten, ein andermal von Denikin, dann wieder von den Galiziern, den Polen, den Banden Tjutjurins und Marusjas, den wilden Haufen des 9. Regiments eingenommen worden. Und jedesmal war es zugegangen wie beim vorausgegangenen Mal.

»Da singt wer!« schrie Magasanik, »da singt wer!«

Und all seine Angst vergessend, lief er vor das Haus. Die Wawilowa folgte ihm auf dem Fuße. Die Luft im dunklen Zimmer war stickig gewesen, nun sog die Wawilowa das Licht und die Wärme des Sommertages mit besonderer Begierde in sich auf. Sie wartete – mit dem gleichen Gefühl wie während der Wehen – auf die Polen: wenn es doch nur schneller ginge. Die Explosionen machten ihr Angst, ihr schien es, als würden sie Aljoscha aus dem Schlaf reißen, sie verscheuchte das Pfeifen der Geschosse mit wedelnden Armen wie Fliegen.

»O ihr, o ihr«, sang sie an der Wiege, »ihr weckt mir noch meinen Aljoscha!«

Sie versuchte, währenddessen an nichts mehr zu denken. War doch schon alles entschieden: In Monatsfrist würden entweder die Roten zurückkommen, oder sie würde zu ihnen gehen, durch die Frontlinie.

»Ich versteh' rein gar nichts mehr«, sagte Magasanik, »schaut nur hin!«

Auf der breiten, leeren Straße, in Richtung Eisenbahnübergang, von woher die Polen kommen mußten, marschierte eine Abteilung Kadetten. Sie trugen weiße Leinenhosen und weiße Militärblusen.

»Rot ist das Tuch, das wir entrollen ...«, sangen sie getragen und irgendwie traurig.

Sie marschierten dem Feind entgegen.

Warum? Wozu?

Die Wawilowa schaute ihnen hinterher. Und plötzlich erinnerte sie sich: Der gewaltige Rote Platz, einige Tausend Arbeiter-Freiwillige, die an die Front gingen, drängten sich um ein hastig zusammengezimmertes Brettergerüst. Ein Mensch im Jackett, der seine Mütze hin und her schwenkte, hielt eine Rede. Die Wawilowa befand sich in seiner unmittelbaren Nähe.

Sie war so ergriffen, daß die Hälfte der Worte, die der Mensch mit seiner hellen, leicht undeutlichen Aussprache sagte, nicht ihren Verstand erreichte. Die um sie Herumstehenden hörten schwer atmend, angestrengt zu. Ein alter Mann in einer wattierten Jacke fing aus irgendeinem Grunde an zu weinen.

Was mit ihr auf dem Platz, unter den dunklen Mauern, vor sich ging, wußte sie nicht. Damals in der Nacht hatte sie jenem Schweigsamen darüber erzählen wollen. Es schien ihr, daß er sie verstehen würde. Aber sie hatte nichts herausgebracht. Und als sie vom Roten Platz zum Brjansker Bahnhof gegangen waren, hatten sie eben jenes Lied gesungen.

Als sie die Gesichter der singenden Kadetten betrachtete, spürte sie von neuem, was sie vor zwei Jahren erlebt und gefühlt hatte.

Die Magasaniks sahen noch, wie eine Frau mit Pelzmütze und Militärmantel den Kadetten über die Straße nachlief, im Laufen den Patronengurt in die riesige Mauser einlegend.

Magasanik, der ihr nachblickte, sprach:

»Das sind wirkliche Menschen, Bejla!«

Der erwachende Aljoscha fing zu weinen an und strampelte mit den Beinchen, um sich aus den Windeln zu befreien. Und Bejla, wieder zu sich kommend, sagte zu ihrem Mann:

»Hörst du, das Kind ist aufgewacht,

ГРУП.
КРАСНЫХ
ПОВСТ.

zünd den Petroleumkocher an, wir müssen die Milch heiß machen.«

Die Abteilung war um die Straßenecke verschwunden.

DIE KOMMISSARIN
Ein Film von Aleksander Aksoldov

In den Rollen: Nonna Mordjukova, Rolan Bykow, Raissa Nedaschkovskaja, Ljudmila Volynskaja, Vasilij Schukschin.

Buch: Aleksandr Askoldov nach Motiven der Erzählung »In der Stadt Berditschev« von Vasilij Grossman.

Kamera: Valeri Ginsburg; Musik: Alfred Schnittke; Ton: Nikolaj Scharij; Ausstattung: Sergej Serebrennikov.

Eine Produktion des Filmstudios »Maxim Gorki«, Moskau. Gedreht: 1966/67

РУЛЬ
ВОЛЯ НАРОДА

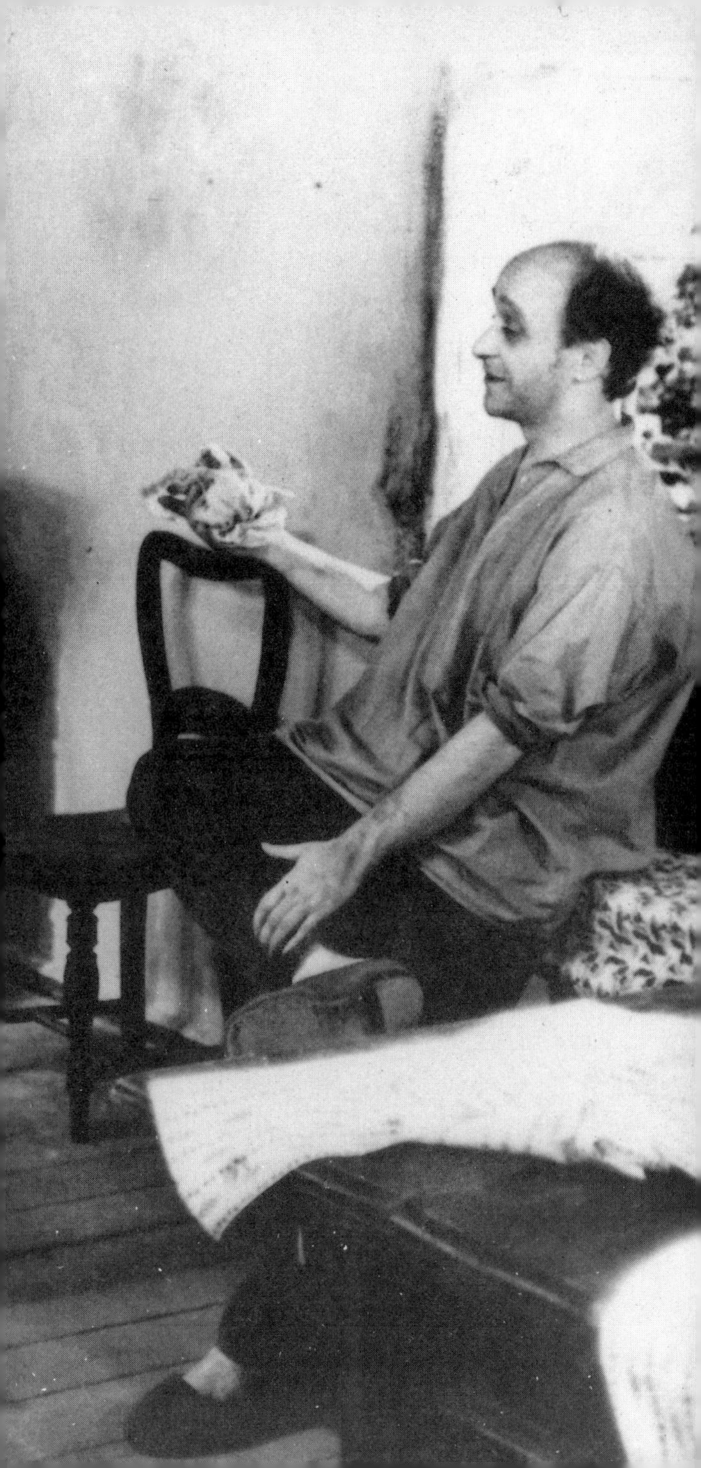

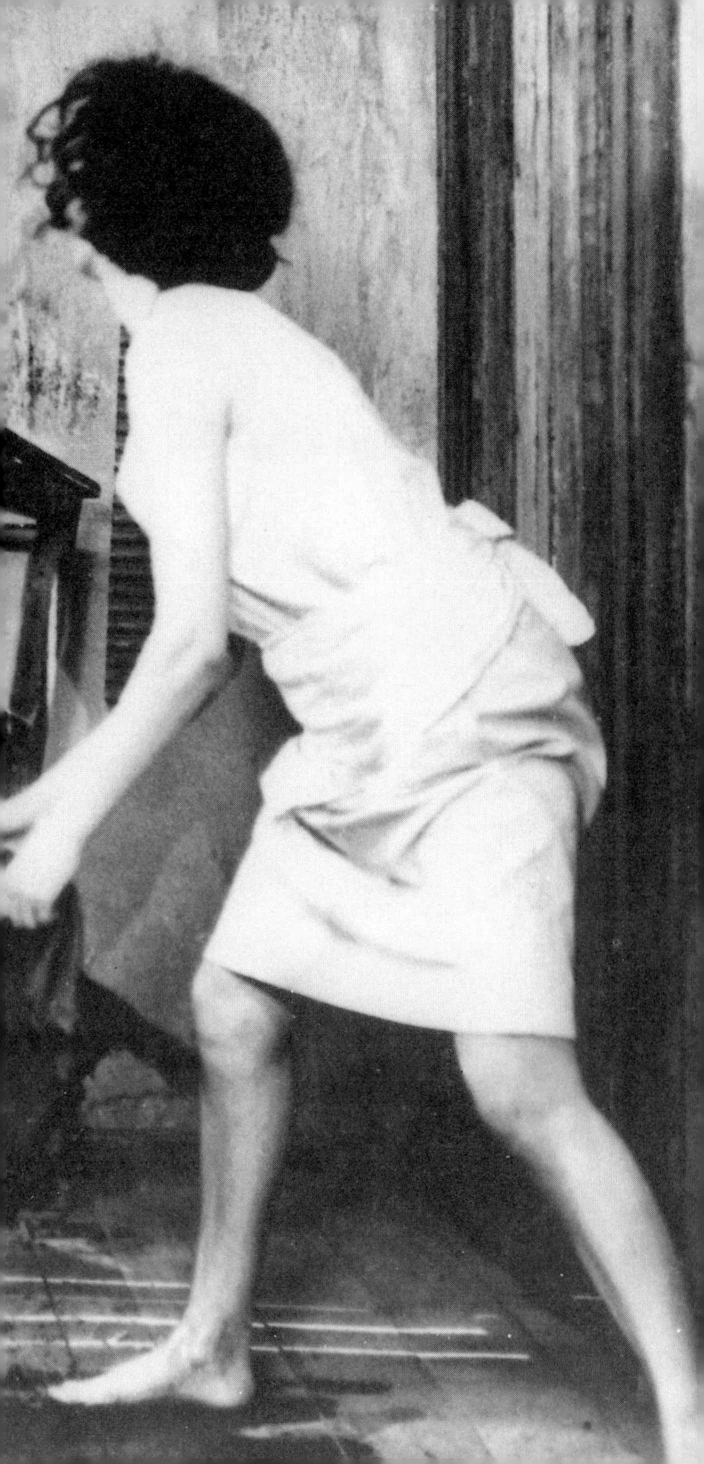

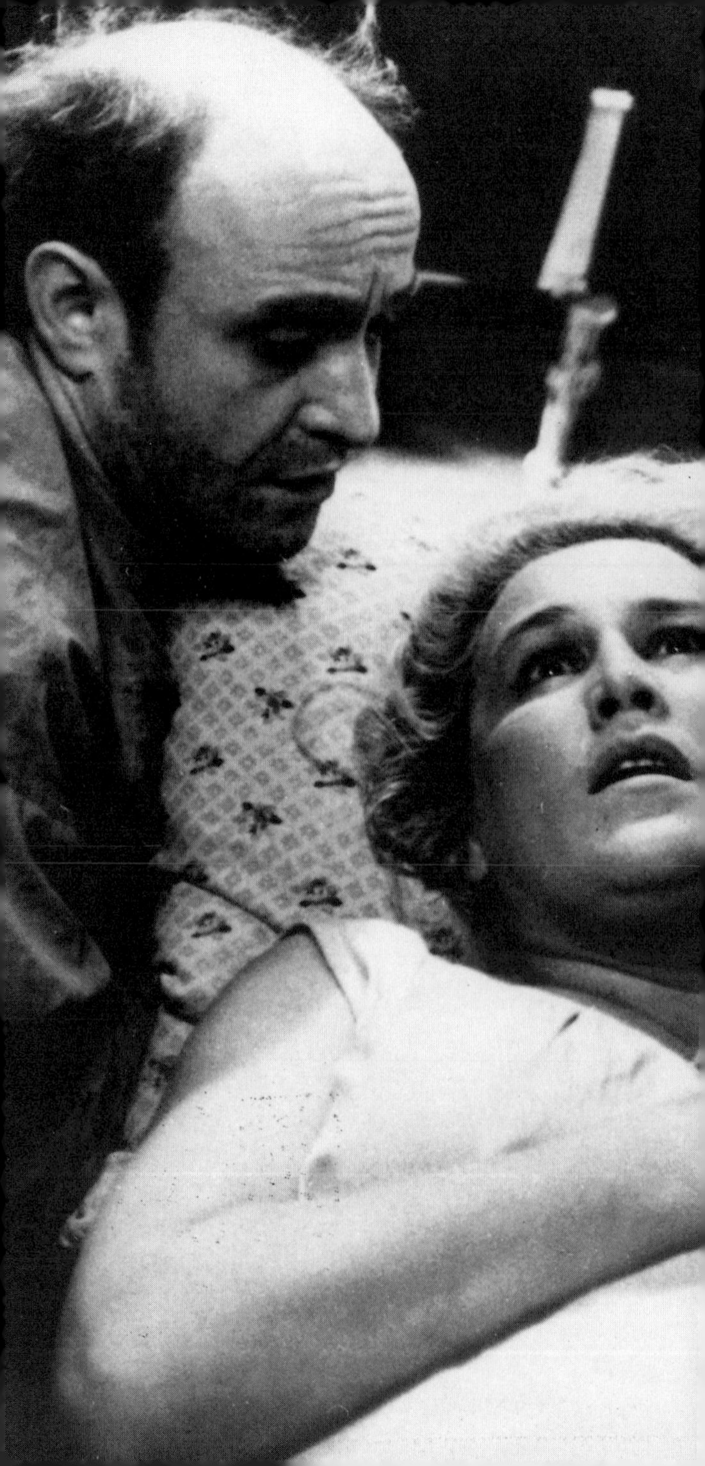

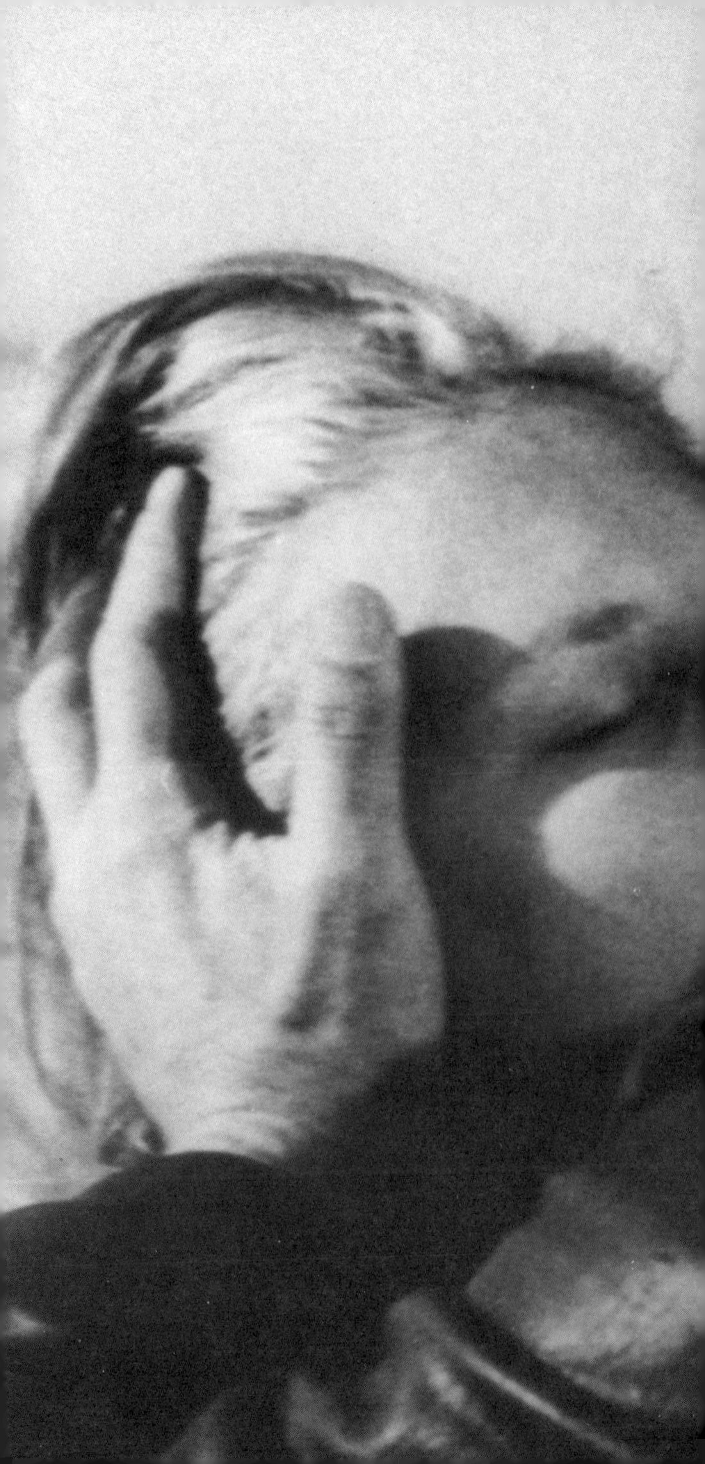

Груп.
Красных
Повст.

Wassilij Semjonowitsch Grossman, am 12. Dezember 1905 in Berditschew/Ukraine geboren, arbeitete zunächst als Chemie-Ingenieur, ehe er 1934 seine erste Erzählung unter dem Titel »Glückauf« veröffentlichte. Im gleichen Jahre erschien auch die hier vorliegende Erzählung, die im Original »In der Stadt Berditschew« heißt. Während des »Vaterländischen Krieges« nahm Grossman als Kriegsberichterstatter an der Schlacht bei Stalingrad und bei der Einnahme von Berlin teil. Im Westen wurde Grossman vor allem durch seinen großartigen Stalingradroman »Leben und Schicksal« bekannt, der in der Sowjetunion lange Jahre nicht erscheinen konnte. 1980 kam dieser Roman zunächst auf Russisch in der Schweiz heraus und 1984 erschien ein deutsche Ausgabe bei Knaus, München und Hamburg. Grossman aber starb verbittert am 14. September 1964. Er hatte 1962 erleben müssen, wie man bei einer Hausdurchsuchung nicht nur das Manuskript, sondern auch sämtliche Notizen und sogar die Schreibmaschinenfarbbänder beschlagnahmt hatte. Über jenen Tag ist der Ausspruch Grossmans überliefert: »Sie haben mich im Torweg erdrosselt.« Er hat weder die Veröffentlichung in der Schweiz erleben können, noch seine Rehabilitierung in der Sowjetunion, die im letzten Jahr mit dem Druck von »Leben und Schicksal« eingeleitet wurde.